KB067475

여름만 있는 계절에 네가 왔다

여름만 있는 계절에
네가 왔다

이영주 신작 시집

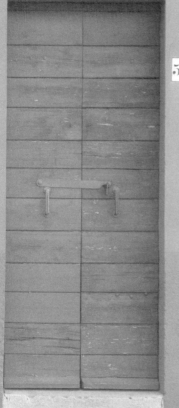

522

POET

아시아

차례

무지 노트   8

빙하의 맛   9

생활적인 카페 주인   10

가로수   13

문 닫은 정육점   14

기숙사   16

염료공   18

히스토리   20

시인에게는 시인밖에 없다는 말   22

싱어송라이터   26

불면증   28

너는 꿈속에서 걸어 나와   30

순간과 영원   31

눈물집   34

작업반장   36

건축 38

대방동 40

성장기 42

여름휴가 44

사랑하는 인형 46

메트로폴리스 48

관목숲 50

열대 식당 52

눈물집 56

시인노트 59

시인 에세이 63

해설 73

이영주에 대해 83

여름만 있는 계절에
네가 왔다

POET

무지 노트

네가 깊은 벼랑에서 떨어져 도착한 곳이 여기야, 서랍
안쪽. 빈 노트. 정령이 속삭인다.

우리의 공포가 우리를 특별한 어휘로 이끈다.[*]

너는 트레이닝복을 입고
홀로 조용히 식탁에 앉아 저녁밥을 먹는다.

벼랑의 끝이 이곳이라니.

이곳에서 떨어져서 이곳이라니.

[*] 애덤 모턴, 『잔혹함에 대하여』 중

빙하의 맛

  지옥의 다양성. 나가고 싶어. 나는 슬픔처럼 얼음에 끼어 있다. 하지만 넌 유리 유골 공예처럼 죽음까지 다 보이는데. 많은 사람들이 나를 밟고 지나가며 말했다. 걸어가면서 파편이 떨어진 한밤을 뒤돌아보곤 했다. 이렇게 어두워도 다 보인다니, 어두워지기 전에 집에 가야 해! 나는 뛰었다. 달리기를 잘했지. 그렇게 빨리 달려 얼음에 갇혔다. 야맹증은 아무도 치료할 수 없었지. 어두운 곳에서는 무거운 발과 빠른 발이 부딪히는 소리를 구분할 수 있다. 세계지도를 전부 다 새길 수 없다는 것을 깨닫고 몇 세기 만에 돌아온 노인이 얼음을 깨고 있다. 너는 봄이 와도 왜 녹지를 않지? 노인은 나를 보고 고개를 젓는다. 지구 어디에서나 방황할 수 있다. 슬픔에 끼어 있다. 빙하의 맛이 난다.

생활적인 카페 주인

다마스쿠스의 이야기꾼들은 몇 세기가 넘도록 카페에 모여 있지. 나는 카페 문을 닫을 수가 없네.

이야기꾼들은 불빛 아래에 모여 서로의 사랑에 대해 물어본다. 세계에서 제일 끔찍한 일에 대해 물어본다. 어떤 자는 깊숙이 앉아서 생물이란 천천히 짓밟히면서 섬세하게 자란다고 하는데

아무도 듣지 않는 어두운 마음에 대하여 이야기하고 있다. 의자 곁에서 조금씩 자라나는 검은 생물체와 마주 보고 있어. 어떻게 이 오랜 시간을

카페에서 머리를 맞대고 있을까. 서로 붙어버린 머리에서 중독적인 꿈 냄새가 난다.

꿈을 펼치자 검은 얼룩이 번진다.

모든 시간은 오늘로 귀결된다고 해. 정말 미칠 노릇이지. 한 사람이 의자에 푹 파묻힌 채 검게 변해간다. 거머리 같은 오늘이 등 뒤에 붙어 있다. 설탕은 절대 먹지 말라던데

불에 탄 설탕. 끈끈한 그릇들을 씻는다. 설거지는 매일 반복돼. 멈출 수가 없지.

너무 달콤해지면 파국을 본다는데

다마스쿠스의 이야기꾼들은 쩝쩝거리며 입술을 빨고

있다. 맛있고 신나는구나.

나는 오늘 이 자리에 앉아 있다. 녹아버릴 것 같은 이
야기의 첫 페이지를 건너왔어. 생활에서 건너왔지. 이
이야기는 폐허에서 시작된다.

한 사람의 등 뒤에 붙어 시간이 피를 빨고 있다.

가로수

나무는 갈 곳이 없었다. 내부에서 몸통을 울음으로 다 채우지 못한 채였다. 폭염 아래 검은 개가 뿌리 쪽으로 오줌을 누었다. 나는 어딘가로 달려가고 있었지만 그곳이 어디인지 몰랐다. 아파트 베란다에서 소년이 바닥으로 떨어졌다. 또다시 새로운 가족이 생길까. 눈물도 마르지 않은 죽은 사람들이 나무에 매달렸다. 울 수 있는 무언가 어디에 있는 줄도 모른 채 나는 한순간 붉은 여름이 되었다. 잎사귀가 두껍게 자라났다.

문 닫은 정육점

창은 너무나 크고

뺨이 차갑게 익어간다

왼뺨의 면적은 얼마나 될까

외할머니는 돌아가신 다음 내게 나타나

흑발이 자란다고, 알 수 없는 이야기를 했다

맞은편에서 손을 내밀면 살이 닿는다

어떤 시간은 죽은 이후에 젊어진다

새벽에는 진열 유리가 녹아내리고 검은 머리가 길어진다

거대한 창 앞에서 외할머니가 붉은빛을 보고 있다

고기 한 점 입에 넣고 오랜 시간 정성 들여 씹는다

자신이 머물렀던 아름다운 것, 고기라는 인간에게는 얼마나 비밀이 많은가

죽은 후에도 자라나는 손톱 발톱 같은 비밀이……

기숙사

백 년 전에 어린 직공이었지. 이틀 만에 재봉실을 온
몸에 휘감고 공장을 뛰쳐나온 무력한 실타래였지. 공중
을 자수처럼 박고 어쩔 줄 몰라 무용한 옷감이 되어버렸
지. 공장 뒷골목을 떠도는 유령 같은 박탈자였지. 창밖
에는 혁명의 노랫소리가 울려 퍼지고, 전사들이 쓸어 담
아간 담요를 향해 겨우 기어가는 개의 이빨이었지. 진창
에 빠진 구름을 먹고…… 그녀는 혼자만의 노래를 멈추
고 거울을 본다. 자신을 변화시키는 데 선수인 그녀의
어지러움은 시간을 뛰어넘어 자꾸만 안쪽으로 내달린
다. 언니, 언니는 이제 겨우 스물세 살인걸요. 나는 불투
명한 거울을 닦으며 말한다. 자주 머릿속에서 전등이 켜
졌지. 양철통에 걸레를 빨고 기침을 할 때마다 불이 켜
졌다 꺼졌다 공장이 문을 닫을 때마다 친구들과 해쓱한
얼굴로 골목 밖으로 쫓겨났지. 그래도 우린 부러진 다

리에 붕대를 감고 식은 밥을 나눠 먹었지. 언니, 언니는 책 한 권 읽은 적 없잖아요. 언니의 시간은 엉망진창이에요. 나는 방 안 조명을 끄며 말한다. 빛이 사라지자 창밖에서 새들이 추락하고 있는 것이 보인다. 바깥으로 떨어질 때 첨탑에 매달려 흔들리는 흰 수건 같은 친구들을 보았지. 슬픔이 무너져 내리는 곳이 고향이라는데, 이 진창에는 백 년이 넘어가도 채워지지 못한 텅 빈 시간들이 담겨 있지. 재봉틀을 굴리며 불타는 공장 안에 덩그러니 남겨진 가장 어린 나도 있었지. 수많은 내가 있었지. 언니, 언니가 껴안고 있는 피 묻은 베개부터 내려놓아요. 언니의 노래는 너무 길고 끔찍해요. 나는 언니에게 이불을 덮어준다. 어둠 속에서 두꺼운 사전을 펼친다. 추락하는 새들이 가닿을 곳이 없었다.

염료공

어떤 사람들은 색을 만들어 밥을 먹는다. 태양은 자신의 환생을 늘 성공시켰지. 돌 앞에 앉아 있는 사람이 있다. 시바신*이 푸른빛이어서 돌을 떠날 수가 없는 사람. 손톱에서 발톱 끝까지 푸르게 물이 드는 사람. 토할 것 같구나. 아버지는 자꾸 하수구에 머리를 처박는다. 이 세상 최악의 독을 가지고 길을 떠난 신이 있다. 삽날은 돌 속으로 들어가다 말고 부러진다. 신은 왜 독을 가지고 사라졌을까. 그러다가 왜 푸른색이 되었을까. 염료공의 아이들은 중독된 심장처럼 불규칙하게 펄떡거린다. 다시 태어난 태양 아래서 아이들이 광목천에 염색을 한다. 일이 끝나면 구역질하는 아버지. 우리 집은 온통 푸른색입니다. 핏줄처럼요. 창문으로 달빛이 스며들면 조용해진다. 광맥 안으로 사라진 사람. 독을 가지고 떠나

* 힌두교의 3대 신 중 하나. 파괴의 신으로 불리고 있다.

다니. 한 방울만 떨어져도 인류를 파멸시킬 수 있다는 독. 그것을 삼켜 목 부분만 푸르다는 신의 문헌은 너무 낭만적이다. 인간은 자꾸만 죽는 일에 실패하고. 색을 만들고 나면 배가 고파서 푸른 덩어리로 굳어간다. 시바 신이 가지고 간 것이 독이 맞나요. 앞을 못 보는 남자의 빛에는 색깔이 없다는데, 이 돌을 다 파고 나면 눈이 멀 수 있을까요. 늙은 광부가 캐서 만든 돌의 색. 앞을 못 보는 신이 두고 간 것은 무엇일까요. 삽날은 발등을 찍기도 한다. 아버지는 돌 옆에서 잠이 든다. 세상에 남겨진 것은 푸른 중독. 돌 속에 얼굴을 박고 떠날 수가 없는 사람. 신은 무엇인가. 살아남은 아이들은 나뭇가지를 꺾어 매일매일 푸른빛에 물든 손톱 속을 파낸다. 붉은 피가 울컥울컥 쏟아지도록. 이제 좀 혈액이 흐르는 것 같습니다.

히스토리

　잠 속을 돌아다니며 죽음을 파는 사람 이야기를 들었지. 생각하지 않고 느끼려는 자들은 자신의 비극을 어쩌지 못해 죽음을 팔아버린대. 골목에서 잠든 노인은 어릴 때부터 노인인 채로 너무 오래 살았네. 울음도 웃음도 한 세계를 넘어서 이제는 아무것도 팔 게 없었는데 아무도 육체는 사려고 하지 않았네. 늙은 채로 어두워지는 육체를 모두 보지 못했네. 담벼락에 붙어 이불을 둘둘 말고 귤 상자를 열어보지만. 썩은 귤이 나뒹굴고. 아무리 수거해도 이불은 왜 내내 남아 있는가. 환경미화원은 밤마다 똑같은 이불을 수거하면서 귤을 까먹었지. 자신의 심장을 보려고 고개 숙인 밤이었네. 흑발이 뚝뚝 떨어지는 밤이었네. 인디언들에게는 시간이 세계의 이름이라는데, 아무런 계시도 받지 못한 채 시간을 느끼는 자여. 노인은 자신을 그렇게 불러보았네. 이불의 정령을 느끼는 자여. 노인은 자신을 그렇게 느껴보았네. 울음을 사는 사람, 웃음을 사는 사람 모두 물속으로 가라앉아 아름다운 죽음을 가졌다고 하네. 긴 흑발을 늘어뜨리며 홀로 남아 죽음을 나눠주는 자여. 내게는 끝나지 않는 시간만큼 머리칼이 있다. 한 번도 자르지 않은 머리칼이 담벼락을 덮고 있다. 검은 정령은 깁다가 만 이불처럼 흰 솜이 흘러나오는 자신의 심장을 바라보았네. 잘게 찢어지는 살…… 아무도 사려고 하지 않는 한겨울 밤. 잠 속을 돌아다니다 보면 팔지 못한 죽음이 가득 쌓인 사람 이야기를 들었지.

시인에게는 시인밖에 없다는 말

죽지 않는 세계에 대해서 써보자고 했을 때 너는 종교의 붕괴를 먼저 썼다.

우리는 숲에 있었다.

숲의 산장에, 산장의 지하실에. 죽지 않을 테니 이제 신은 필요 없어. 너는 지하실 창문을 올려다보며 즐거워했지. 창문으로 잎사귀가 조금씩 떨어졌다.

나는 흩어져 있는 바닥의 돌들을 천천히 더듬었다. 삶만 영원히 계속되다니. 죽음이 없다는 충격. 우리는 점점 더 낮게 엎드렸다. 죽지 않는 서로의 이름을 쓰자. 너는 한참 동안 보이지 않는 펜을 꾹 움켜쥐고 있었다. 빛이 떨어질 때까지.

아무것도 쓰지 못하고 너는 내게 말했다. 얼마나 아프길래 너는 내 꿈에 나온 거니. 죽지 않으니 영원히 아픈 자. 절뚝거리며 내 꿈에서 나가줘. 네 옆에서 웅크리고 있던 나는 천천히 사방으로 뒹굴었다. 배가 아팠다. 낮게 떨어지는 것 없이는 빛도 어둠도 이름을 잃을까. 숲에서는 알 수 없는 것들이 계속될 텐데. 이럴 수가. 너무 당연한 말이잖아.

너는 멀어지려는 내 손을 꽉 잡았다. 부스러기가 떨어지는 내 손을.

포개어진 손으로 나는 백지를 가득 채우기 시작했다. 무형의 상태로. 시간 속으로 들어가 조금씩 깊어지는 숲처럼. 숲의 어두운 지하실처럼. 꿈에서 빠져나온 한 무더기 돌처럼. 텅 빈 백지에서 잉크가 뚝뚝 떨어졌다. 죽지 않아서 쓰는 일도 멈출 수가 없잖아.

붕괴해봤자 영원한 붕괴란 없다. 우리는 죽지 않고 신이 사라지고 신 아닌 것들만 남아 있다. 너는 그림자처럼 일어나 긴 장화를 신고 쓰레기를 밟았다. 네가 걸을 때마다 우리의 지하실은 점점 넓어졌다. 우리는 어떻게 될까. 우리의 영혼이 다른 몸으로 갈아탄다면

외롭지 않지. 외롭지 않으니 슬플 일 따위도 없지. 내 손을 점점 더 깊은 바닥으로 잡아끌면서 너는 웃었다. 너는 웃으면서 붕괴했다. 잉크를 쏟았다. 바닥에서 흐르는

잉크를 더 먼 곳으로 흘려보냈다. 떨어지고 흐른 후에야
활자 하나 얻는 시간이 있다. 창문에서 떨어지고 있다.

싱어송라이터

죽은 가수의 노래만 듣는다. 노래는 죽은 사람의 것이 제맛이지. 너는 살아 있어서 목소리가 심심해. 모서리에 서서 술을 마셨지. 토할 것처럼. 죽음에 전염될 수 있지 않을까. 죽은 자들은 노래를 잘해. 노래에서 좋은 냄새가 나지. 클럽에 머리를 두고 왔다. 그걸 찾으러 가야 하는데. 죽은 가수의 노래가 넘치는 곳. 정육점에 거꾸로 걸린 토끼 머리. 크레타의 정육점에는 노래가 있지. 붉은 노래가 흘러넘치는 섬. 거꾸로 걸린 노래를 들고 그곳을 걸은 적이 있지. 너는 살아 있어서 노래를 못해. 살아 있는 자들에게 노래를 시키지 마. 나는 토끼처럼 뛰었지. 죽은 가수의 노래만 듣자. 한 번 듣자. 또 한 번 듣자. 모서리에 서서. 악보를 펼친다. 클럽에 머리를 두고 왔으니 노래는 뚝뚝 흐르지. 저녁이 오고 있어. 붉은 노래처럼 저녁이 온다. 노래는 전시되는 나의 것이 제맛이지. 너는 살아 있으니 악보를 구겨버려. 생활은 구겨버려. 죽은 시인의 노트를 꺼낸다. 노래는 없고 죽은 시인만 있다. 이 여자는 어디 갔지. 술을 마신 후에 길을 잃고 기생충이 우글거리는 네 마음 안을 걷다가 왔지. 냄새를 맡았지. 전염된 노래를 듣고 싶어. 한 번도 가본 적 없는 섬에 머리를 두고 왔다. 죽은 시인은 어디 갔지. 노래는 어디 갔지. 나는 침을 흘리며 마이크를 손에 꽉 쥔다.

불면증

불을 켜두고 엎드리면 내 안에서 꺼지지 않는 불. 너의 편지를 읽고 또 읽고, 너무 읽어서 기억을 모두 잃었지.

육체의 결핍 때문에 인간은 자신을 다른 동물이라고 생각해. 나는 킁킁거린다. 이 냄새는 뭐지. 너의 손을 잡으면 깊은 밤이 느껴져. 밤이라는 동물이 있다면, 네 손에 울음을 남겨놓은 걸까.

네가 자꾸 핥아먹는 것. 눅눅해서 번지는 것.

잠을 자라. 잠을 자.
잠을 자야 사람이 되지.

창문 안쪽에서 네가 기어가고 있다. 온전하게 보여줄
수 없어서 같은 옷을 입었지. 다른 동물이 되고 싶어서
수만 개의 영혼이 필요한 밤.

　　너는 너를 무엇이라 생각할까. 내 손에 불을 남겨둔
것인가. 나는 작은 영혼을 하나씩 떼어 불길 속에 던지
고

　　인간이 싫고, 인간을 사랑하고, 크고 또 커져서 불길
은 기억을 모두 태웠지. 텅 비어가는 육체는 나를 무엇
이라 생각할까. 깊은 방 안에서 첫 번째로 벽돌에 부딪
혔지. 그것이 나를 알아보지.

너는 꿈속에서 걸어 나와

눈이 내린다. 우리는 시간 속에 갇혀 있다. 한겨울의 여행을 집에서 시작하자. 어느 길 위에서는 혼자 흐르고 어느 길 위에서는 고통과 함께 흐른다. 이것은 여행일까. 그저 안락해서 설 수가 없는데. 네가 떨고 있다. 다친 당나귀처럼. 집에서 무릎을 꿇고 머리를 감싸 쥔 여행. 이곳에서의 통증은 다정할까. 새벽이면 너는 꿈속에서 걸어 나와 사람들에게 손짓한다. 이곳을 벗어나면 아름다운 자살나무가 있어. 함께 흘러갑시다. 긴 귀가 캄캄해지도록. 어두운 문장은 아침에 써야지. 빛 속에서 너의 발은 부서져 있다. 창문에 눈이 닿으면 알 수 없는 울음이 자라서 미끌거린다. 너는 태어난 날 검은 미역을 먹고 있다. 자, 다음 코스는……

순간과 영원

　너는 나를 보고 있다 전봇대에 기대어

　나는 흐른다 전선 사이로

　너는 불을 쥐고 있다 건조한 사막에서 죽지 못한 나무
로 살아본 전력이 있다고 그곳에서도 이곳에서도 목이
너무 마르다고 너는 조금씩 입안에서 불을 흘리고 있다
깊어지는 모든 것 때문에 목이 마르다

　붉은 흙에 뿌리를 박고 영원을 떠올리면서 너는 마르
도록 울었다고 했다 바싹하게 부서져도 잠깐일 뿐 울 때
마다 재가 떨어진다는 것 이것은 꿈일 뿐이야 전봇대를
끌어안고 너는 꿈속으로 불꽃처럼 걸어 들어갔을 뿐

　너는 수천 년을 굶고 타다 남은 나무처럼 무서운데

내 영혼은 물만 흐른다니

나는 이미 살아본 전력이 없고 죽어본 전력도 없이 흐르기만 해 시작이 없으므로 끝도 없이 아무 무서움 없이

물결처럼 두통이 흐르고 나는 습지에 내던져져 있다 두 주먹 꽉 쥐고 싶지만 자꾸만 흐르는 물 나를 봐 우는 소리가 모여들어 썩어가는 냄새가 난다

여름만 있는 계절에 네가 왔다
불탄 얼굴로 왔다

우리는 공터에서 마주 보지
폐허가 된 서로를 더듬으며

내가 빠져나가며 흐를 동안

너는 나에게 목이 마른 나무

꿈에서 걸어 나와 불타오르는 나무

너무 가까워서 때로는 혼동되는 너와 나

서로를 물들이며 파괴하고 싶은 너와 나

불탄 자리가 젖어 있다

의자가 놓여 있다

눈물집
─제주 4.3 사건에 부쳐

    부서진 무릎에서 물이 흐른다. 오랜 시간 지하에서 소년은 무릎에 얼굴을 묻고 있다. 허공에서 떨어진 잔뼈들이 흙바닥을 뒹굴며 움직인다. 왜 아직도 죽지 않는 거지. 흩어지는 뼈들의 속삭임. 이미 오래전에 죽었다고 했는데. 왜 자꾸 살아지는 거지. 소년은 금빛 머리칼에 돌돌 말려 있다. 누군가 벗긴 머리칼 속 애벌레처럼 꿈틀거리고 있다. 지옥에 떨어져도 물을 마실 수 있다면 영혼의 마지막까지 버틸 수 있다는데. 소년은 자신의 눈물을 몇십 년 동안 마시고 있다. 목이 말라서 슬픈 장면을 반복하고 있다. 불타오르던 형의 머리통을 떠올리고 있다. 아는 사람이 불을 질렀지. 아무것도 모른 채 불을 질렀지. 알면서도 불태웠지. 죽지 않고 살아나는 순간이 있다. 순간 때문에 죽지 못하는 운명이 있다. 화염에 둘러싸인 집에서 소년은 온몸의 물을 흘려보냈다. 불을 꺼

34

라. 불을 꺼야 한다. 가장 깊은 지하에서 소년의 뼈들이

물길을 따라 흐른다.

작업반장

인간은 멸종해라, 하수구에 들어가 중얼거리고 있을 때 인간들이 떼로 지나간다. 멸종할 수 있을까? 나는 더 깊숙이 엎드려 의심하기 시작한다. 나보다 더 깊숙한 곳에서 전기 건설 기사가 작업을 하고 있다. 플래시를 떨어뜨리고 아차차, 그는 외마디 비명을 지른 채 더 깊이 들어간다. 나는 눈을 뜬 채 의심의 바닥 안으로 주저하며 들어간다. 이 하수구 안에는 그가 있다. 낮은 포복으로 플래시를 찾아간다. 자기 안을 더듬는다. 그렇다면 사라질 듯 말 듯 이 빛은 어디에서 움직이는 거지. 그는 영원히 작업을 지휘한다. 무형의 형태가 가득한 이런 곳에 그가 있으니 어떤 멸종도 이루어지지 않겠지. 나는 보이지 않는 행렬의 끝에 서서 어느 쪽으로 가야 할지 알지 못한다. 이 전선과 저 전선을 이어야만 빛이 드니까! 그는 자신의 내부에 대고 소리치지만 아무도 들지 못한다. 그는 사우디아라비아에서 자신의 안을 키워 온 사람이다. 사해의 소금을 먹으며 바닥으로 가라앉지 않을 수도 있다는 것을 알아버린 사람이다. 활활 타오르던 녹슨 철판 위에서 죽지 않을 수도 있다는 것을 알아챈 사람이다. 나는 전선 사이를 흐르는 극의 감각을 알 수 없어 구석에 웅크린 채 그의 안을 살펴본 적이 있다. 가끔 그는 내 머리칼을 쓸어주었지. 깊이 들어가면 행렬의 끝에 다다르나. 맨 마지막 자리에는 누가 멸종을 시도하나. 하수구 위에서 인간들이 떼를 지어 사라지고 있다. 어둡고 처참한 자리에는 그가 있다. 이 전선과 저 전선을 이어 붙이기 위해 플래시를 찾는 자. 나는 빛을 끄고 싶어 병든다. 어떤 깊은 어둠 속에서도 빛은 꺼지지 않는다.

건축

조용히 앉아 있는데도
물속으로 끌려 들어가는 기분

밤도 아닌데

나는 울지도 않고
둥둥 떠간다

나쁜 방향으로
더 나쁜 방향으로

집은 사라지고

끌려 들어가는

집은 어디에나 있고

이렇게 나쁘게 좋아져도 될까요
검푸른 안개가 번지는 방향으로

그곳에 미리 도착해
발을 꼭 붙이고 있는 어린 내가 있다
처음 보는 내가
벽돌을 쌓고 있다
부서지고 싶습니다

침묵을 놓지 않고
시간이 깊게 휘어지는 방향으로

대방동

계단 아래에서 잠이 들었지. 저녁의 목록들. 보이지 않는 곳에서 우리는 서로의 마음을 붙잡고 있을지도 몰라. 자꾸만 다른 곳을 보니? 서로의 얼굴을 모르게 된 지 오래. 된장찌개가 보글보글. 푹푹 수저를 떠 넣고 나는 뚝배기에 붙은 얼룩만 보았네. 엄마, 불타고 남은 재. 맛있는 연기가 복도로 기어 나올 때였네. 엄마는 내가 사라진 날이면 머리를 감았지. 대야에 머리칼을 담그고 눈물로 감았지. 냄새로 푹 젖은 목록들. 창문을 훔쳐보는 잠과 삶 사이. 한쪽 벽에 저녁이라는 형벌, 이라고 쓰고 내가 앓고 있는 병에 대해 생각했지. 점퍼를 거꾸로 뒤집어쓰고 어떻게 굴러야 할지 생각했지. 엄마, 내가 너무 아름다워서 재처럼 흩어져버릴걸. 내가 가려고 하는 이 계단 바깥으로 저녁 바깥으로 앙다문 이빨이 녹아내리는 길로 병이 흘러가고 있었지. 내 병은 아무것도 아니어서 더 병적이지. 어두운 놀이터, 깨진 유리가 발바닥으로 푹푹 꽂히는 폐허가 좋아서 더 병적이지. 무엇인지 모를 사체들이 딱딱하게 굳어 비밀 같은 무늬가 되어 가고 있어서 계단은 병적이지. 저녁은 왜 개발되었을까. 어느 집 찬장이든 해골 하나씩 들어 있다는 유럽 속담은 다른 병으로 옮겨가는 중이지. 젖은 머리처럼 눈물이 뚝뚝 엄마, 이런 곳은 좋았지.

성장기

가장 큰 악몽은 좋은 꿈에서 깰 때가 아닐까. 어둠에서 빛으로 넘어올 때.

엄마, 그럴 때는 깨우지 마세요.

그러나 그럴 때면 더더욱 크게 흔들어 깨우지. 너 혹시 죽는 거니? 나보다 먼저 이렇게 사라지는 거니? 시간은 악하고 환영적인 것이야. 이 시간으로 돌아와. 그래서 다시 성장하고 다시 늙어가.

어둠에서 빛으로 넘어와. 더 큰 빛 속에서 아파해야 한다. 이 시간 속에 나만 남겨두고 가면 안 돼.

말 없는 아이가 두 손으로 진흙을 힘껏 주무르고

진흙을 퍼먹고 진흙에 얼굴을 묻고 바닥으로 깊이 더 깊이 파묻힌다. 떨어지고 떨어져도 피 묻은 진흙 속. 진흙을 파고 들어가면 다시 또 흙이 나온다.

엄마는 아이의 뒤통수를 꽉 움켜쥐고 울고 있다.

여름휴가

휴가 온 밤에는 이야기가 넘쳐납니다. 잠든 나의 머리맡에서 입이 찢어진 채 웃고 있는 나와 눈이 마주쳤을 때. 웃고 있으니 좋은 일이겠지. 이게 괴담일까. 다시 잠들며 찢어진 입을 더듬어보는 일. 너무 웃어서 그런가, 피에로의 입술을 더듬어보는 일. 자신을 바라보고 자신과 함께 있는 것. 얼굴이 없는 자신을 볼 수 있는 것. 우리는 계란말이를 먹으며 즐거운 이야기를 합니다. 이 편백나무 테이블은 수분을 잘 먹는다는데, 서로의 거짓말을 나누기에는 아주 좋은 곳. 우리는 담즙을 흘립니다. 벌레 같은 것은 편백나무 위로 기어오르지 못하지. 왜 그렇게 어두운 것들만 만지는 거니. 네가 심장 근처를 만지는 나를 볼 때. 나는 웃었어요. 파스칼이 말했대. 영혼이 자신을 보고, 자신과 함께 있는 것이 가장 비참하다고. 너도 웃었습니다. 잠이 들면 내가 나를 버릴 수 있을 텐데. 너는 산책을 이곳으로 왔습니다. 숲으로 깊이 들어갔죠. 시간이 바스러지는 것은 우리가 불타고 있기 때문입니다. 모두 돼지갈비를 먹으며 다정한 조문을 쓰는 밤이니까요. 누구도 빠짐없이 자신을 지우려는 시간에는 숲의 입구가 열린다는데. 담즙을 흘리느라 우리는 고개를 숙입니다. 접시 안에는 식은 뼈가 수북하고. 내게는 애벌레가 많고. 꾸물거리고. 이 조문은 홀로 앉아서 나만 읽으려고 합니다.

사랑하는 인형

냄새나는 수건, 다음에 무엇을 연결해야 합니까.

발목을 휘감는 흰 털들.

골라놓은 것들을 버려도 됩니까.

인형이 어떻게 태어났는지 아니.

가장 사랑하는 사람의 얼굴.

미리 죽여버린 얼굴.

잘 망가진 것이 좋아요.

깨진 유리 조각처럼 빛나는 것들.

상상은 죽은 자들의 얼굴 같아서 전부 뭉개버리고 싶어요.

아무것도 상관없이 아무렇게나 써도 될까요?

너무 닮아서 수건으로 눈을 가리고 잠이 든 적 있습니다.

두 번씩 세 번씩 수건을 덮고 덮으면 눈 속에서 긴 털이 자라고요.

앞이 보이지 않아 계단에서 굴러떨어지는 음악이 있습니다.

이국의 열대야에서

신나는 리듬처럼 관절이 뚝뚝 끊어졌죠.

그럴 때마다 너의 통증이 이곳에서

내부의 현이 뚝뚝 한없이 밑으로 뚝뚝

끝날 때까지 잘 걸어갑니다.

우리가 고통받는 것은 인간을 닮아서 그래.

물기 가득한 바닥에서 인형들이 절룩거리며 내게로 옵니다.

마음이 자라고 있어.

젖은 수건을 널고 나서 나는 밑으로 밑으로 내려갑니다.

인간을 만나서 마음이 좋아진 적이 있니.

발을 헛디디면서.

메트로폴리스

꽃다발을 받는다 괜찮아요 인간이 준 꽃다발 같지는 않아요 너는 괜찮다고 말한다 남자도 아니고 여자도 아닌 너는 꽃 같은 짐을 내게 잔뜩 쥐어준다 제가 산 꽃은 아니고요 너는 꽃 벌레처럼 드글거리는 울음을 내뱉는다 어린 아이가 사라고 제게 시켰는데요 그리고 보니 너는 나이가 없다 나이가 없어도 너는 괜찮다고 한다 딱딱한 벌레들을 툭툭툭 뱉어버린다 이가 없으니 너무 많이 쏟아지네요 침을 흘리며 너는 간다 저번 생에서 매일매일 돌아다니느라 발목이 사라진 나를 끌고 어디론가 간다 건물 모서리로 가서 잠이 들면 다른 곳보다 더 깊고 끔찍한 바람이, 더 길고 두꺼운 바람이 붑니다 괜찮아요 바람이 먹어치운 푸른 살들 내가 저번 생에서 버리고 온 살들인데 그리고 보니 나는 몇 번의 삶 동안 건물만 산책했다 오래된 벽 틈에는 네가 건네준 울음들이 내 살처럼 박혀 있는데 그 모든 것

을 샅샅이 떼어내느라 건물 안에서만 산책했지 먹으면서
걸으면 괜찮은 것 같았지 맛있었지 이 도넛 같은 시간을
벗어나고 싶은데 나는 기름을 줄줄 흘리며 너를 바라본다
괜찮아요 꽃을 들면 청소부 같지는 않아요 너는 괜찮다고
꽃을 건넨다 긴 머리칼을 풀며 빗자루처럼 점점 더 길어
진다 유실물이 너무 많은데 너는

　짐짝 같은 나를 끌어당겨 네 안으로 밀어 넣는다 너는
꽃을 건넨다 괜찮을 겁니다 같이 시들면 되니까요 너는
지하철이 출발해도 그곳에 남아 있다

　꽃나무를 잘라줄게
　나는 가장 날 선 푸른 도끼를 들고 네 안으로 성큼성
큼 걸어 들어간다

관목숲

　건강하자. 깊은 잠 속으로 떨어져야 한다. 나는 한 번
도 잠들지 못했는데. 병원 침대에 누워 작은아버지는 잠
속에 담긴 퍼즐을 끌어모으는 중이다. 조각들은 누가 떨
어트렸지. 나는 베개에 얼굴을 파묻고 밑을 들여다본다.
아무것도 안 보이는데. 이런 친밀함은 내가 그린 지옥도
에서 본 것 같은데.

　작은아버지는 엎드린 내 머리칼을 쓰다듬는다. 잠을
잘 자야 한단다.

　숲에 가면 죽은 젊은이들이 가득하대. 다시 태어나기
위해 칠일 낮밤을 나무에 매달려 있었대. 나무뿌리처럼
자신을 꽉 움켜쥐는 문자 하나를 배울 수 있대. 작은아
버지는 수첩을 펼치고 관목숲이라고 쓴다.

책에 쓰여 있지, 젊은이들이 다시 태어나는 이야기, 돌아오는 이야기……. 인간은 자연이니까 내가 죽으면 나무라고 불러줘. 나는 작은 아버지 문장을 읽을 수가 없다.

이 친밀한 지옥도는 오래된 이야기. 숲에는 빈 수첩을 들고 가야 한다.

열대 식당

가만히 있는데
물결에 떠밀리듯이

썩어가는 물도 결은 아름다운데

이미 죽은 작은아버지와 함께
열대 식당에서
맵고 뜨거운 국수를 후루룩 먹습니다.

까맣고 긴 손가락을 들어
조금 젊어진 작은아버지는 창문 밖을 가리킵니다.

저기 황톳빛 강물에 나를 두고 왔어

너무 맑지 않아서 좋은 물이야

잠들기 좋아

나는 작은아버지 말을 들으며

테이블 위에서 기어가는 도마뱀 꼬리를 가만히 잡아

보았습니다.

우리는 기침을 하며 국수를 먹습니다.

이것은 무슨 향일까요.

열대 식당에는 존재하지 않는 향

흰 국수는 점점 더 불어나

그릇 밖으로 흘러갑니다.

물결에 떠밀리듯이

애야, 살기가 어때

조금 더 젊어진 작은아버지는 의자에서 천천히 일어
납니다.

악몽에서 깰 수가 없지?
죽으니 악몽이 없네

애야, 이미 충분히 늙은 채로 살기가 어때

식당 밖으로 나가

어린아이처럼 작은아버지가 자전거를 탑니다.

나는 퉁퉁 불어 흘러넘치는 국수를 가만히 바라봅니다.

눈물집

무덤에는 좋은 사람만 오는 거야. 중세 속담에 인간은 태어나자마자 죽을 나이만큼 늙어 있다고 하는데. 삽날을 던지고 그가 털썩 주저앉는다.

무덤에 오는 사람은 누구나 좋은 사람이야. 인간은 태어나면서부터 눈물에 친숙하게 되어 있어. 울지 않으면 죽잖아. 과장된 포즈로 자신의 엉덩이를 철썩 때리며 그가 담배를 문다.

이 무덤에는 물이 너무 많이 차서 좋은 사람도 썩겠는데. 죽었는데도 왜 형태를 보존하는 일에 그렇게 힘을 쓰는지. 작업 일당을 더 쳐 주셔야 합니다. 그가 입꼬리를 올리며 씩 웃는다.

그는 나의 가족. 좋은 사람이다. 무덤을 파헤치는 신성한 일은 기록하지 않는다. 관 뚜껑을 열고 보니 눈물로 가득 찬 벌레들이 꼬물거리고 있다.

시인노트

1.

비 오는 제주.

나는 혼자였다.

어지러웠고 어지러움 때문에 무서웠고

삶이 어색해서 공항에서 조금 울었다.

따뜻한 몰락을 꿈꾸고 있었다.

하지만 다정하고 아름다운 사람들이 불행을 밀어낸다.

2.

삶이 죽음으로 기우는 과정일 뿐일지라도 반짝하는
순간이 있다.

찬바람 속에서 너와 손을 잡는 일.

그리고 달콤한 머핀.

3.

아무도 쓰지 않은 투명한 시. 몰락에서 아름다운 빛이
나고…….

4.

일 때문에 정동길을 걸었는데, 형진이랑 시립미술관
가고, 전광수커피에서 커피 마시던 시절 생각이 났다.
그날 우리, 살짝 들떴고 행복했어. 울지 말자, 친구야.
삶이 힘들기만 한 것은 아닐 거야.

5.

이런 시간은 좋지 않다. 근본으로부터 너무 떨어져 있다. 나는 백 년 전에 직조공이었던 것 같은데. 천 년 전에 삯바느질 꾼이었나. 길고 가느다란 다리를 건너왔다. 지금은 잘 짜이지 않는 것들을 짜고 있다. 이 언어는 무엇일까. 매번 실패한다. 실패를 하다 보면 근본의 시간을 희미하게나마 느끼긴 하는 것 같고…….

6.

마음이 가닿지 않아도…… 괜찮다. 전달하고자 시도한 자신에게 사랑을.

시인
에세이

안경을 썼지

이 세계는 고통으로 가득 차 있다. 매일매일 망명을 생각한다.

열아홉. 일기에 쓴 문장이다. 아, 이런 허세라니.

인간이 자아를 형성하는 데에는 동일시할 대상이 필요하다. 그 대상이 꼭 사람일 필요는 없다. 나는 돌 같은 것이 좋다고 생각했다. 그런데 사람이든 돌이든, 우리는 격렬한 불안의 세계로 내던져진다. 그 사람과 그 돌과 나는 다른 층위에서 걸어 나왔잖아. 서로 다를 수밖에 없잖아. 태어나서 죽는 위치도 다르니까. 심지어 죽지 않는 돌은 어쩌니. 물론 죽는 순서는 뒤바뀔 수 있다.

네 귀퉁이가 딱 맞는 서랍처럼 동일시는 완벽한 내면의 일치를 지향한다. 말도 안 되는 욕망. 그렇게 불안의 지옥에서 불타오르며 재가 된다. 그 재를 흐트러뜨리려

입김을 부는 자는 누구일까. 멍청아. 너의 헛된 욕망을 봐! 라고 말하는 자는.

　나는 안경을 쓰고 산 지 오래되었다. 아홉 살이거나 열 살 때였던 것 같다. 따뜻한 햇살 아래 앉아 있던 날, 나는 갑자기 한쪽 눈이 푹 꺼지는 느낌이 들었다. 빛을 뚫고 어둠이 들어왔다. 눈을 비벼보아도 소용이 없었다. 무거운 돌 하나가 내 눈알을 바닥까지 누르는 느낌. 그 이후 틈만 나면 어두워진 한쪽 눈을 비벼댔다. 그리고 아주 가끔 엄마를 향해 말했다. 엄마, 벌레가 눈 속에 사는 것 같아.

　그러던 어느 날. 아파트 공터에서 장난감 조립 설명서에 집중하느라 주변의 소리조차 못 들을 때, 나는 자전거에 치였다. 눈 속에 사는 벌레 때문에 한쪽으로 고개를 틀고 있을 때였고, 동네 오빠가 타고 있던 자전거 바퀴는 그대로 벌레가 사는 눈 속으로 들어왔다. 거대한 어둠의 세계가 내 몸을 완벽하게 덮어버린 순간이었다.

　한동안 나는 눈가에 푹 팬 살점들을 봉합하는 치료에 골몰했다. 사고가 난 순간부터 치료가 이어지는 기간 동안 나는 매일 눈에서 흐르는 피를 닦아내고 붕대를 감는 수고로움을 감내해야 했다.

며칠 후. 여느 때처럼 엄마 손을 잡고 병원으로 가는 길이었다. 갑자기 끈끈한 액체가 입속으로 흘러들어왔다. 맞은편에서 남자 어른과 함께 걸어오고 있던 한 소년이 손가락을 들어 내 얼굴을 가리켰다. 침을 꿀꺽 삼키고 나서 나에게인지 어른에게인지 모를 말을 했다.

"엇, 저 피 좀 봐."

그 말을 듣자마자 엄마는 깜짝 놀라서 손수건으로 실밥이 터진 내 눈 주변을 꾹 눌렀다. 피는 계속 쏟아져 나왔다. 흰 손수건이 금세 붉어졌다. 나는 아릿하게 사방으로 번져가는 소년의 손가락을 남은 한쪽 눈으로 계속 바라보았다. 시야에서 소년의 손가락이 자꾸 뭉개졌다. 저 피 좀 봐. 피 좀 봐. 피. 피.

그때 나는 왜 울음소리조차 내지 않고 눈물만 흘렸을까. 공포와 불안이 뒤섞여서 비명을 질러대고 싶은 마음과는 다르게 나는 피보다 더 뜨거운 눈물을 뚝뚝 떨어뜨렸다. 엄마는 나를 끌어안고 병원으로 뛰어가기 시작했다. 엄마의 애달픈 호흡과 심장 박동이 고스란히 느껴졌다. 그리고 피 좀 봐, 라고 허공에 쓰이는 이상한 손가락의 문장도.

　나는 찢어진 눈 주변을 잘 꿰매고 나서 그 이후 본격적으로 안경을 썼다. 자전거 사고 이후 눈 검사를 하게 되면서 한쪽 눈이 완전히 회복 불능이라는 것을 알게 된 것이다. 안경을 쓰면 마음이 편안해졌다. 어떠한 불안도 한 번쯤은 누그러지는 것 같았다. 안경을 착용해도 한쪽 눈의 시력은 좋지 않았고, 매년 측정해봐야 실명 직전의 상태에서 벗어나지 못했다. 사물은 테두리 없이 엉키고 뭉개진 채 덩어리로 다가왔다. 그래도 다행히 남은 눈이 세상의 사물들을 구분하게 해주었고 나는 만족했다. 무엇인가를 남들하고 비슷하게 볼 수 있다는 것은 얼마나 축복인가. 한쪽 눈뿐일지라도.
　눈가에는 작은 흉터가 남았다. 마치 쌈마이들의 것처럼 짧고 굵은 자국이. 그리고 나는 어떤 대상과도 합치되지 못한 채 혼자가 되었다. 정확하게 보이지 않으니 뭐든지 대충 보게 되었고 어떻게 합치시켜야 할지도 몰랐다. 엄마도 아빠도 안경을 쓰지 않았고, 내가 배운 신의 모습도 한쪽 눈이 불구인 이미지는 아니었다. 신은 형태가 없었지만, 신의 아들은 잘생긴 중동 남자의 얼굴이었다.

나는 혼자 온몸이 눈이 되었다. 늘 무엇인가를 집중해서 보기 위해 온몸에 힘이 들어갔다. 나는 잘 보이는 눈의 방향으로 고개를 최대한 비틀었다. 얼굴이 한쪽으로 몰리는 느낌이었다. 팔다리에 힘을 주느라 가끔 심장이 터질 것 같았다. 고개를 숙이고 눈을 감고 아무것도 보지 않을 때도 있었다. 때로 아무것도 보지 않을 수 있다는 것이 위로가 되었다.

그리고 상대방을 바라볼 때마다 나는 건방진 사람이라는 이미지를 얻었다. 그 이미지에 맞추어 자신을 개량시키는 것이 맞다고, 스스로에게 말했다. 아니면 그 이미지를 벗어나기 위해 수줍고 선량해져야 하는 건 아닐까, 그런 강박도 생겼다. 나는 이러지도 저러지도 못한 채 어정쩡하게 던져졌다.

나는 수업이 끝나면 자주 친구 같은 짐승들과 놀았다. 어차피 어스름에는 잘 보이지 않았다. 학교 뒷골목에는 많은 여자친구들이 있었다. 우리는 다정하게 손을 잡았다. 때로 울면서 포옹을 했다. 각자의 방으로 돌아가 편지를 썼다. 무엇인지 알 수 없는 그리움에 대한 연서였다.

큰 글씨로 편지를 쓸 때면 미지의 대상에게 가까워지는 기분이 들었다. 무엇인가를 쓴다는 것은 참 좋구나. 그런 생각을 하게 되어 좋았다. 좋다는 것. 좋다는 말을 서슴없이 할 수 있다는 것은 최초의 설렘이었다.

쓰이는 언어들은 나와 아주 비슷하고, 또 내가 아니기도 했다. 그러나 오래전, 내가 알지 못하는 나에 대해 누군가가 말해주는 기분이 들었다. 그리고 네가 알지 못하는 너에 대해 내가 다가가는 느낌이 들었다.

내가 모르는 세계의 한 부분을 최대한 가깝게 느끼기 위해서 나는 자세하게 보는 습관이 있다. 그리고 이것이 정확한 것인지 알 수 없으므로 자세하게 쓰는 습관도 생겼다. 밀도를 높이기 위해 집중해야 한다. 그렇지 않으면 언뜻 다른 모양으로 흐트러져버린다. 단순히 실체를 보는 것에서 멈추지 않는다. 내가 응시하고 있는 현실 너머의 세계는 더더욱 그렇다. 자세하게, 더 자세하게.

그리고 예민하게.

언어는 세부를 색다른 방식으로 표현할수록 입체적인 질감을 가지게 된다. 그리고 그 섬세한 세부에 힘이 깃들기 시작한다. 세부는 시간이 지나면서 전체를 품는 아주 큰 항아리가 된다. 세부는 거리에서 울고 있는 짐승들에게 딱 맞는 옷을 지어준다. 눈에 보이는 것은 중요하지 않을지도 모른다. 우리는 어깨동무를 하고 그런 말을 했지. 아주 작지만 아주 소중한 거, 그런 것을 갖고 싶어. 우리처럼 버려지고 버려진 채 사랑받는 거, 그런 것을 갖고 싶어. 작고 소중해서 모든 것이 정말 중요해지는 거. 그때는 그런 중요한 것들이 쌓여서 정말 중요한 큰 것을 만나는 것은 몰랐지만.

나는 실감할 수 있는 이미지들을 차곡차곡 쌓아본다. 그것은 최선이었고, 여전히 진행 중이다. 무언가를 잘 보지 못하고 무언가를 너무 자세히 본다는 콤플렉스는 좋은 것일까? 저주일까.

의학의 힘을 빌려 눈을 고칠 수도 있다. 언젠가는 그렇게 할지도 모른다. 남들 다 하는데 나는 왜 무섭지. 눈을 다쳤던 충격 때문일까. 졸보 같은 마음을 크게 크게 만들고, 어떤 이물감이 눈 속으로 침입하는 고통을 훌륭하게 참아낼 수 있다면. 시력이 좋은 눈이 내게 남고 나머지 감각이 행복하게 퇴화하는 진화를 받아들일 준비가 된다면. 동일시가 깨진 이후, 내가 뒹굴었던 그 아름다운 폐허로부터 밀려날 훌륭한 자신감이 있다면.

　나는 고통으로 가득 차 있지만 고통을 벗어나기를 매일매일 꿈꾼다. 행복해지고 싶다. 행복을 질병으로 분류해야 한다는 의학계의 의견도 있다고 하는데, 그런 질병이라면 갖고 싶다. 그렇지만 행복은 순간일 뿐이고, 쓰는 일은 계속된다. 언제까지일까? 쓰는 일. 무엇인가를 쓰면서 늘 망명을 한다. 시는 나를 망명자로 만든다. 시는 망명자에게 길이 된다.

　언어를 통해 중첩되는 이미지들은 서로를 만나 새로운 것을 만든다. 문장에서, 잃어버린 눈이 빛처럼 되살아난다. 문장들은 참혹하지만 윤이 난다. 실패할수록 빛이 돈다.

어둠보다 어두운 빛이 있다

김나영 (문학평론가)

　아치볼드 매클리시는 「시학」에서 "시는 의미하는 것이 아니라 존재하는 것"이라고 말했다. 그 말의 의미는 그가 살았던 시대를 통해 추측해볼 수 있다. 안정적인 삶의 기반을 버리고 시를 쓰기 위해 타국으로 떠났던 그는 세계 대전이 발발하자 개인의 삶을 포괄하는 거대한 절망감과 인류 차원에서의 불안감 등에 관해 쓴다. 그러므로 시는 당연하게도 절망 이후의 절망, 불안 이후의 불안을 그릴 수밖에 없었을 것이다. 삶이 빠듯한 누군가가 보기에는 하나마나한 이야기들. 그럼에도 시가 존재할 수밖에 없는 이유는 그런 엄연한 삶의 조건 속에서 시만이 하는 역할이 분명히 있다는 데에 있을 것이다.

어떤 시의 의미 이전과 이후를 나누는 것이 무용해지는 그 자리에 말이다.

　이영주의 이번 시집은 그간의 이영주 시집의 존재 여부를 무의미하게 여기게 되는 지점에서 읽힌다. 대부분 새로운 시집은 앞선 시집들이 일궈놓은 성과의 연장으로서(그 의미가 하나의 맥락을 이루는가 그렇지 않는가와 무관하게) 읽히기 마련이다. 그런 점에서 이 시집은 주목을 요하는 하나의 지점을 갖는다. 어째서 이 시집에 묶인 시집들은 전혀 새로운 이야기를 하는가가 아니라, 그들은 오랜 시간이 걸려 쌓은 이영주 시의 세계를 부정하는 방식으로서 존재하는가.

　무엇이 옳지 않다고 말하는 내용이 아니라, '말하기' 자체에 의미를 두듯이 이 시집을 읽어야 하는 이유는 「눈물집」에서 말하듯 "죽었는데도 왜 형태를 보존하는 일에 그렇게 힘을 쓰는지"와 같은 물음의 형식으로 답할 수 있을 것 같다. 삶이 더 이상 지속되지 않는데도 그 삶을 지속하는 것처럼 여기는 태도는 어디에서 비롯되는 것일까. 어째서 어떤 삶은 그 삶과 연결된 또 다른 삶들에게 '삶이란 단절의 형식으로도 지속될 수 있다는 것'을 알려주는 방식으로 존재하는 것일까. 그 물음이 절실한 이유는 무엇보다도 그것이 '하나의 삶'의 상실을 전제하기 때문일 것이다.

상실 이후에 있는 것들. 이 역설적인 존재 방식이 이영주의 이번 시집이 보여주는 독특한 삶의 형식이기도 하다("이 이야기는 폐허에서 시작된다", 「생활적인 카페 주인」). 가령 사랑하는 사람이 죽고 나서 그와 함께 살았던 세계가 통째로 무의미해지는 일을 경험해본 자라면 그에게 삶은 자신이 속한 세계의 무의미함을 의미하는 방식으로만 존재하는 시간의 다른 이름이 되듯이 말이다. 어떤 말도, 어떤 의미도 소용이 없어지는 지경. 의미로 채워진 한 세계를 부정하는 방식으로만 겨우 존재할 수 있는 어떤 삶의 국면. 그런 죽음의 자리에서 태어나는 것이 시라고 말하듯, 이 시집에 묶인 시들은 하나같이 죽음, 혹은 거대한 상실의 시간을 삼킨 채 존재하는 삶을 그린다.

"깨진 유리조각처럼 빛나는 것들"(「사랑하는 인형」)이라고 달리 말할 수 있지 않을까. 시가, 이 문장들이, 이 단어들이, 이 호흡들이 그것을 받아들이는 사람들 각자의 삶에서 의미(빛)를 가질 수 있다면 그 이유는 무엇보다도 그것들이 이미 항상 무의미한 것(깨진 것)이기 때문이라는 사실 말이다. 이 엄연하고도 새삼스러운 사실, 부서진 삶의 형상에서 겨우 길어올린 무의미로서의 의미, 혹은 진실로 진실된 것을 이 시집에 묶인 작품들이 증명해보인다.

　그런 점에서 '흘러가는 것'에 주목하는 이 시집 속의 특별한 시선에 주목해볼 수 있다. 여기서 흘러가는 것들은 '흐르는 것'이 있다는 것을 증명하는 존재 방식으로만 존재하는, 비자발적인 존재의 다른 이름이다. 가족의 죽음을 목격하고 경험한 삶에게 죽음은 생을 마치는 단 한 번의 사건이 아닐 것이다. 사랑하는 사람이 죽었을 때, 죽은 듯 살아 있어야만 했을 그 모든 순간들에, 그 삶으로부터 완전히 해방되듯 실제로 죽음을 맞을 때와 같은 굵직한 국면들 외에도 그 사이를 메우는 무수한 기억들 속에서 그는 죽음을 통해서만 살아 있었을 것이기 때문이다. 이영주의 시는 그 역설적인 삶의 방식을 '흐르는 것'이라는 존재 양태로 그려낸다. 삶은 그저 흐르는 것 속에서 발견되고, 흐르는 것은 그것을 흐르게 하는 조건에서 벗어나지 못하는 채로만 계속 흐를 수 있다는 것.

그처럼 내 의지로는 깨어날 수 없는 악몽 같은 삶은 "가장 깊은 지하에서 소년의 뼈들이 물길을 따라 흐른다."(「눈물집-4.3사건에 부쳐」)거나 "내가 가려고 하는 이 계단 바깥으로 저녁 바깥으로 앙다문 이빨이 녹아내리는 길로 병이 흘러가고 있었지."(「대방동」)라는 진술 속에서 구체적으로 그려진다. 슬픔보다 더한 슬픔, 절망 다음의 절망은 그런 세계에서 언어가 존재할 수 있을까, 말을 한다는 것이 과연 어떤 의미가 있을까를 묻는다. 말이 도달하지 못하는 지점에서 죽음 이후의 삶, 혹은 죽음보다 더 죽음 같은 삶이 흐르고 있기 때문이다.

어째서 어둠보다 더 막연한 어둠이 있을 수 있을까. 이 질문은 이영주의 이번 시집이 동시대를 살아가는 우리에게 주는 삶에 대한 묵직한 정의이기도 하다. 말과 말이 잇닿는 데서 생겨나는 게 의미이고 논리라면 그것이 완전히 무화된 지점에서 생겨나는 삶들이 있다. 하지만 실제로 우리는 이런 삶을 자주 망각한 채, 우리를 이루는 삶의 중요한 부분들을 외면한 채 살아 있다. 이 순간에도 "신은 무엇인가"를 묻는 삶, 자신의 손톱 속을 파내 붉은 피를 쏟아내고 그로써 살아 있음을 확인하는 삶, 그러니까 "살아남은 아이들"이 있다는 것을 우리는 알지만 알지 못하는 방식으로 살아 있다(「염료공」). 그런 삶들이 우리가 말하는 삶의 일부분이라면, 그것을 망각하고 외면한 채로 살아 있는 삶을 과연 무엇이라고 부를 수 있을까.

이영주의 시는 죽음의 상상력을 통해서 우리의 삶을 도모한다. 시인이 "포개어진 손으로 나는 백지를 가득 채우기 시작했다."(「시인에게는 시인밖에 없다는 말」)고 쓸 때, 거기에는 기도하듯 두 손바닥을 맞댄 손의 형상도 있지만, 글자를 쓰지 못하는 자의 손을 쥐고 그의 말을 대신 받아 적듯, 펜을 쥔 손을 움켜쥔 손의 형상도 있다. 그리고 이 쓰기는 살아 있는 한, 살아 있기 때문에 계속할 수밖에 없는 죽음에 대한 도전이다. 우리가 가진 언어로는 구상할 수 없는, 즉 이 세계에서는 상상으로밖에는 이를 수 없는 도처의 죽음에 대해서 시인은 멈추지 않고 말함으로써 우리의 삶에 도전한다고도 할 수 있겠다.

"죽지 않아서 쓰는 일도 멈출 수가 없잖아"라는 시인의 말을 기억하자. 삶이 곧 쓰는 일이고, 삶과 쓰기라는 두 항을 매개하는 것은 죽음에 대한 상상이라는 사실이 너무나 당연하다는 듯 이처럼 태연한 어조로 쓰일 때 놀랍게도 수많은 죽음을 애도할 수 있고 동시에 그 죽음에 결부된 수많은 삶을 위로할 수도 있게 된다. 이영주 시인의 네 번째 시집 『어떤 사랑도 기록하지 말기를』(문학과지성사)에는 세월호 참사 이후의 시들이 집중적으로 묶여 있으나, 그 구체적인 사건을 제외하고 읽어도 무방한, "누군가가 기록하지 않으면 알 수 없는 조용한 대화"(「빈 노트」)와 같은 문장들을 떠올려보자. 의기소침해 보였던 그 문장들에는 그러나, 약하고 슬프고 허약한 존재들의 목소리를 기록하기로 작정한 듯한 시인의 의지가 강렬하게 새겨져 있었다. 그리고 그 의지는 어떤 목소리를 옮겨 쓰겠다는 시도와 그것을 어떻게 쓸 수 있을까에 대한 고민이 함께 빚어내는 그의 시의 동력이기도 했다. 하지만 더욱 주목할 것은 "무엇을 쓴다는 것이 고통을 줄 수 있다면. 수많은 글자로 가득 찬 이곳에서 어떻게 마음을 써야 하는지"(「이집트 소년」, 『어떤 사랑도 기록하지 말기를』) 같은 문장을 통해서 짐작되던 시인의 주저함이 아닐까. '과연 지금 쓰는 것이 어떤 의미일까'와 같은, 근본적인 고민의 지점을 거듭 되짚어 보는 시인의 절망, 말하고 쓸 수 있는 자로서의 절망, 이 세계에 살아 존재하는 자로서의 절망이 소중하게 여겨지기 때문이다.

구체적인 현실의 사건들과 그로 인한 여전히 현재진행형인 고통을 바라보는 시민과 시인의 시선이 뒤섞여서 그 특유의 문체를 만들어내는 것은 이제 이영주 시의 분명하고 단호한 방법이 되어버린 것 같다. 놀랍게도 시인은 여기에 머무르지 않고 좀더 쓴다. 이는 우리 삶에 주어진 절망들을 그대로 기록하지 않겠다는 시인의 고투를 예고한다. 그 절망에 견줄 말이 없다는 것을 인정하는 태도와 '있는 그대로'라는 시선과 태도에 내장된 폭력성을 바라보는 시선은 소중하다. 누구보다 가진 말이 많을 거라 여겨지는 시인이 자신의 부족을 인정하는 것, 슬픔과 고통을 표현하는 타인에게 '적당히 하라'거나 '가만히 있으라'고 하는 세계의 불온함을 고발하고 그 부정에 저항하는 것. 그것이 앞서 말한 그 특유의 죽음에 대한 상상력으로 발휘될 때 그의 시는 더 의미하지 않고도 더 환하게 존재한다. 어둠보다 더 깊은 어둠이 있다는 것을 증명하는 불빛을 내듯이.

이영주에
대해

그녀. 가장 참혹한 사회서사敍事(가 시사時事다)까지 가장 감각적이고 생활적인 여성으로 포괄하는 그렇게 가장 너머 참혹을 위한 가장 너머 감각과 생활의 매번 진전을 약간 수상한 기미를 낼 뿐 이리 아무렇지도 않게 차분너머 고요의 차원에서 느긋한 것 이상의 자연스러운 제의로 수행하는 것이니 그녀라는 시에 늙은 나의 시의 가슴이 아프지 않을 수 없고 나의 시의 마음이 설레지 않을 수 없는 그 너머가 또한 그녀의 그녀라는 시이고.

김정환 (시인)

이영주 시인은 손이 날카롭다. 시인은 그 손으로 존재하는 모든 것에 기생하는 아주 작고, 매우 얇은 슬픔을 정확하게 떼어낼 수 있다. 편지, 설탕, 이야기, 엄마……를 가만히 바라보다 하얀 손을 뻗어 아주 세밀히, 그리고 천천히, 분리작업을 하는 시인을 떠올린다. 그 장면을 그려보면 왜 오소소 소름이 돋고 울고 싶어지는 걸까. 그 손을 평생 팔 끝에 달고 살아갈 시인을 만나던 날, 그의 손끝에서 이제 막 태어나는 바람을 보았다.

강지혜 (시인)

바이링궐 에디션 한국 대표 소설 목록

001 병신과 머저리 이청준 / 제니퍼 리	028 분지 남정현 / 전승희
002 어둠의 혼 김원일 / 손석주, 캐서린 로즈 토레스	029 봄 실상사 정도상 / 전승희
003 순이삼촌 현기영 / 이정희	030 은행나무 사랑 김하기 / 손석주, 캐서린 로즈 토레스
004 엄마의 말뚝 1 박완서 / 유영난	031 눈사람 속의 검은 항아리 김소진 / 크리스 최
005 유형의 땅 조정래 / 전경자	032 오후, 가로지르다 하성란 / 전승희
006 무진기행 김승옥 / 케빈 오록	033 나는 봉천동에 산다 조경란 / 쉔크 카리
007 삼포 가는 길 황석영 / 김우창	034 그렇습니까? 기린입니다 박민규 / 김소라
008 아홉 켤레의 구두로 남은 사내 윤흥길 / 브루스 풀턴 주찬 풀턴	035 성탄특선 김애란 / 제이미 챙
009 돌아온 우리의 친구 신상웅 / 손석주, 캐서린 로즈 토레스	036 무자년의 가을 사흘 서정인 / 제이미 챙
010 원미동 시인 양귀자 / 전미세리	037 유자소전 이문구 / 제이미 챙
011 중국인 거리 오정희 / 주찬 풀턴, 브루스 풀턴	038 향기로운 우물 이야기 박범신 / 마야 웨스트
012 풍금이 있던 자리 신경숙 / 아그니타 테넌트	039 월행 송기원 / 제인 리
013 하나코는 없다 최윤 / 주찬 풀턴 브루스 풀턴	040 협죽도 그늘 아래 성석제 / 전승희
014 인간에 대한 예의 공지영 / 주찬 풀턴 브루스 풀턴	041 아겔다마 박상륭 / 전승희
015 빈처 은희경 / 전승희	042 내 영혼의 우물 최인석 / 전승희
016 필론의 돼지 이문열 / 제이미 챙	043 당신에 대해서 이인성 / 마야 웨스트
017 슬로우 불릿 이대환 / 전승희	044 회색 시 배수아 / 장정화, 앤드류 제임스 키스트
018 직선과 독가스 임철우 / 크리스 최	045 브라운 부인 정영문 / 정영문
019 깃발 홍희담 / 전승희	046 속옷 김남일 / 전승희
020 새벽 출정 방현석 / 주다희, 안선재	047 상하이에 두고 온 사람들 공선옥 / 전승희
021 별을 사랑하는 마음으로 윤후명 / 전미세리	048 모두에게 복된 새해 김연수 / 마야 웨스트
022 목련공원 이승우 / 유진 라르센-할록	049 코끼리 김재영 / 미셸 주은 김
023 칼에 찔린 자국 김인숙 / 손석주, 캐서린 로즈 토레스	050 먼지별 이경 / 전미세리
024 회복하는 인간 한강 / 전승희	051 혜자의 눈꽃 천승세 / 전승희
025 트렁크 정이현 / 브루스 풀턴 주찬 풀턴	052 아베의 가족 전상국 / 손석주
026 판문점 이호철 / 테오도르 휴즈	053 문 앞에서 이동하 / 전미세리
027 수난 이대 하근찬 / 케빈 오록	054 그리고, 축제 이혜경 / 브루스 풀턴, 주찬 풀턴
055 봄밤 권여선 / 전승희	083 상춘곡 윤대녕 / 테레사 김

056 오늘의 운세 한창훈 / 케롱 린

057 새 전성태 / 전승희

058 밀수록 다시 가까워지는 이기호 / 테레사 김

059 유리방패 김중혁 / 케빈 오록

060 전당포를 찾아서 김종광 / 손석주

061 도둑견습 김주영 / 손석주

062 사랑하라, 희망 없이 윤영수 / 전승희

063 봄날 오후, 과부 셋 정지아 / 브랜든 맥케일, 김윤경

064 유턴 지점에 보물지도를 묻다 윤성희 / 이지은

065 쁘이거나 쯔이거나 백가흠 / 장정화, 앤드류 제임스 키스트

066 나는 음식이다 오수연 / 크리스 최

067 트렁크 정영숙 / 전승희

068 통조림 공장 편혜영 / 미셸 주은 김

069 꽃 부희령 / 리처드 해리스, 김현경

070 피의일요일 윤이형 / 전승희

071 북소리 송영 / 손석주

072 발칸의 장미를 내게 주었네 정미경 / 스텔라 김

073 아무도 돌아오지 않는 밤 김숨 / 전미세리

074 젓가락여자 천운영 / 전미세리

075 아직 일어나지 않은 일 김미월 / 전미세리

076 언니를 놓치다 이경자 / 장정화, 앤드류 키스트

077 아들 윤정모 / 쉥크 카리

078 명두 구효서 / 미셸 주은 김

079 모독 조세희 / 손석주

080 화요일의 강 손홍규 / 제이미 챙

081 고수 이외수 / 손석주

082 말을 찾아서 이순원 / 미셸 주은 김

084 식매와 자미 김별아 / 전미세리

085 저만치 혼자서 김훈 / 크리스 최

086 감자 김동인 / 케빈 오록

087 운수 좋은 날 현진건 / 케빈 오록

088 탈출기 최서해 / 박선영

089 과도기 한설야 / 전승희

090 지하촌 강경애 / 서지문

091 날개 이상 / 케빈 오록

092 김 강사와 T 교수 유진오 / 손석주

093 소설가 구보씨의 일일 박태원 / 박선영

094 비 오는 길 최명익 / 자넷 풀

095 빛 속에 김사량 / 크리스토퍼 스캇

096 봄·봄 김유정 / 전승희

097 벙어리 삼룡이 나도향 / 박선영

098 달밤 이태준 / 김종운, 브루스 풀턴

099 사랑손님과 어머니 주요섭 / 김종운, 브루스 풀턴

100 갯마을 오영수 / 마샬 필

101 소망 채만식 / 브루스 풀턴, 주찬 풀턴

102 두 파산 염상섭 / 손석주

103 풀잎 이효석 / 브루스 풀턴, 주찬 풀턴

104 맥 김남천 / 박선영

105 꺼삐딴 리 전광용 / 마샬 필

106 소나기 황순원 / 에드워드 포이트라스

107 등신불 김동리 / 설순봉

108 요한 시집 장용학 / 케빈 오록

109 비 오는 날 손창섭 / 전승희

110 오발탄 이범선 / 마샬 필

K-포엣
여름만 있는 계절에 네가 왔다

2020년 6월 30일 초판 1쇄 발행

지은이 이영주 | 펴낸이 김재범
편집 강민영 김지연 | 관리 홍희표 박수연 | 디자인 나루기획
인쇄·제책 굿에그커뮤니케이션 | 종이 한솔PNS
펴낸곳 (주)아시아 | 출판등록 2006년 1월 27일 제406-2006-000004호
주소 경기도 파주시 회동길 445(서울 사무소: 서울특별시 동작구 서달로 161-1 3층)
전화 02.821.5055 | 팩스 02.821.5057 | 홈페이지 www.bookasia.org
ISBN 979-11-5662-317-5 (set) | 979-11-5662-492-9 (04810)
값은 뒤표지에 있습니다.